燈把黑夜燙了一個洞

姜二嫚 著
小里予 繪

目錄

1 靈光

2 生命

3 發現

4 路上

5 每日

1

○

靈光

燈

燈把黑夜
燙了一個洞

2014 / 12 / 16

孤獨

我站在人群中
孤獨得
就像P上去的

2018 / 11 / 06

掉在餐桌上的食物
能不能吃

要看有沒有人看見

2017 / 07 / 19

火車站廣場的夜晚

撒了一地人

2018 / 09 / 23

笑

不想笑的時候
微笑
好累啊

2018 / 04 / 12

古詩

我把剛寫的一首詩
放在太陽底下曬
想把它曬黃
像一首古詩
假裝已經流傳了幾萬年

2017 / 06 / 26

成長

成長
這倆字
長得
很孤單
連個偏旁都
沒有

2018 / 12 / 23

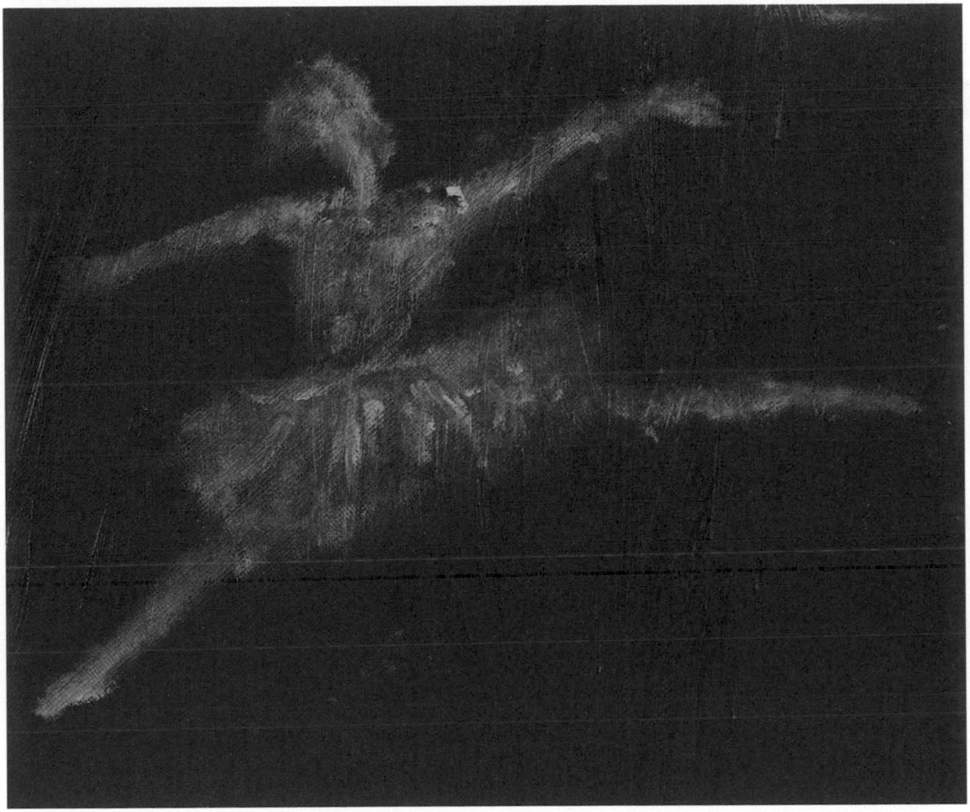

大霧天

大霧天
看到一個人
蹲在街角抽煙
直覺告訴我
是他抽出了
大霧天

2017／10／25

眼淚不值錢

長大了
就值錢了

2018／11／19

無題（之二）

睡覺時
躺下
睡不著
眼睛四處轉
找夢

2018 / 06 / 22

古人

我也會
成為古人的

2014 / 05 / 02

寫詩區

我在兩個車廂連接的
吸煙區
寫詩
把它變成了
寫詩區

2018 / 08 / 22

為什麼我在
臥鋪車廂容易寫詩

我看著窗外
一個個靈感在地上跑
我穿過玻璃
抓一個
是一個

2018 / 04 / 12

回收

一輛回收舊彩電
舊冰箱
舊洗衣機
舊電腦
的三輪車
車主躺在裡面
睡了
好像回收了自己

2018 / 03 / 06

臥佛

看著臥佛
好睏

2018 / 09 / 09

女媧

我拿手電筒的光
刺破天空
因為
我想看女媧
是怎麼補天的

2018 / 10 / 05

無題（之一）

我在口述一首詩
詩突然和呼吸衝突了
可是我的詩
根本停不下來
等我
口述完畢
我已經差不多窒息了

2018 / 10 / 04

夢（之三）

有個人在寫作
他寫得長篇大論
那些字不耐煩了
就從紙上跳了下來
他就狂追
不小心
追進了奧運會賽場
得了個百米冠軍
裁判說
這是史上最快的速度

2018 / 06 / 26

訂貨

月亮啊
我向你訂貨
我要一個正方形的月亮
我還要一個三角形的月亮
我還要老鼠形的
豬形的
羊形的
兔子形的
牛形的
我要開個店來賣
有誰覺得天太黑了
就買一個

2012 / 09 / 28

瞬間

車窗外是大草原
瞬間
我感到自己
是一棵草

2018 / 04 / 12

隧道

我覺得隧道
像魔鬼的房間

2011 / 02 / 07

非洲

一想起非洲

我嘴裡就乾乾的

2018 / 05 / 22

李娟的阿勒泰

連裡面的小流氓

都那麼樸實

2018 / 10 / 04

靈感（之二）

我在冬天靈感少
在春天靈感多
因為春天花開了
每一朵花在開放的一瞬間
都有一個靈感飛出來
誰離它最近
就屬於誰
如果花開放時沒有人路過
靈感就會到處飛
如果連續四個人都沒有抓住它
它就會飛向太空
永遠消失

2018 / 02 / 08

小時候

我小時候
不會說
尼姑
而說
女和尚

2018／12／23

火藥味

我和姐姐
比賽著寫詩
每次看見她
抓起手機
我就感覺聞到了
火藥味

2018／05／18

月亮沒有來

黑咕隆咚的
可能月亮
寫詩去了

2018／04／12

夢（之六）

我在做一個夢
夢對我說
我陪了你這麼久
你醒來後
請一定把我
寫成詩

2018／07／01

叛逆期

我的叛逆期
能不能早點兒到
我要以叛逆期的名義
幹幾件大事

2018 / 04 / 05

2

○

生命

蝦餅

人生就像蝦餅
有時你沒錢
看見老闆在那裡賣
等你有錢了
他已經不賣了

2018 / 10 / 18

不光人有生命

不光人有生命
小草也是生命
飛鳥也是生命
天花板也是生命
遍地都是生命
生命比人多

2018 / 08 / 26

陀螺

公園裡
有個叔叔
在抽陀螺
一鞭子下去
太狠了
陀螺倒地而死

2018 / 07 / 12

夢（之二）

買了塊豬皮
釘在牆上
用來練拳擊
每當拳頭打在豬皮上
很遠的地方
就傳來一聲豬的慘叫

2017 / 11 / 09

風

大風中風小風
南風北風西風東風

兩個小風等於一個中風
兩個中風等於一個大風

風打起來就是龍捲風
風累了就是沒風

風沒有家
風要家幹什麼

2018 / 06 / 07

Hello

Hello 小狗你好
Hello 樹葉你好
Hello 路燈你好
Hello 觀瀾河你好
Hello 欄杆你好
Hello 水泥你好
Hello 油漆你好
Hello 哈爾濱餃子園你好
Hello 維也納酒店你好
Hello 車站你好
Hello 斑馬線你好
Hello 汽車噴的臭氣你好
Hello 垃圾桶你好
Hello 天上的星星你好
Hello 建設銀行你好
我喜歡一樣一樣往下說
慢慢說
我不想一下說完
Hello 世界上的萬物你好
不
我不想這麼說
除非我已經很老很老了

2015 / 11 / 05

我發現（之三）

我發現土豆
都睜著
一隻隻眼睛

土豆本來生活在土裡
你把它挖出來
它瞪著這個世界
很生氣

2014 / 10 / 09

洗菜

這個西紅柿死了嗎

但是它的顏色還像鮮花一樣奔放

2013 / 08 / 29

蒼蠅

我打死一隻蒼蠅

殷勤地

獻給螞蟻

2018 / 09

喵

鳥窩

小鳥在我身上
感覺像築了一個窩
姐姐從我身上
把小鳥接走
還把想像中的鳥窩
也接走了

2018 / 06 / 06

無花果

夜裡
窗外飄來一股
香味
我正準備開始抒情
姑姑就告訴我
那是樹上的無花果
爛了的味道

2018 / 09 / 03

見證

先是一次
喝一點點
後來喝一小半
再後來喝一大半
現在
可以喝一瓶
謝謝啦
抗病毒口服液
你見證了我
的長大

2018 / 09 / 17

龍

嘴巴是狼的
眼睛是金魚的
觸鬚是金龍魚的
鼻子是狗的
角是鹿的
爪子是鷹的
身材是蛇的
尾巴是鬥魚的
不知什麼
是它自己的
所以
我不喜歡

2017 / 07 / 05

我基本上

我基本上就是媽媽
媽媽基本上就是我
你摸我的肉
就是摸媽媽的肉
因為我是媽媽生的
我是媽媽的一部分

2013 / 11 / 25

我是屬豬的

爸爸給我讀《水滸傳》
讀到殺牛宰羊
我脖子一涼

2018 / 05 / 16

祭

草地上
小鳥的墓
有點辨認不出來了
為了保險
我和姐姐
把一整片草地
都撒上了
花瓣

2018 / 07 / 15

乾杯

地球屬於人類
這是個有罪的想法
地球是大家的
最先發現地球的是動物
現在我要為動物乾一杯
我的左手代表我
我的右手代表所有動物
我舉起我的花之杯
先喝為敬
乾杯

2015 / 05 / 20

兔子

寵物店裡
有兩個盒子
一個裝著 100 塊一隻的兔子
一個裝著 200 塊一隻的兔子
一隻 100 塊的兔子
跳到了 200 塊的盒子裡
過上了上流社會的生活
而一隻 200 塊的兔子
跳到了 100 塊的盒子裡
變成了平民

2018 / 07 / 12

無題（之四）

一個人走在荒野裡
一群狼圍著他
那個人就瘋狂地鑽木取火
想用火把狼嚇跑
鑽了一會
一隻狼走過來說
你的心意我們領了
但我們可以
吃生的

2018 / 04 / 10

河水輕飄飄

河水輕飄飄
我的頭髮也在飄

小鳥在空中翱翔
力量陪伴著它

一座巨大的樓房
在水中的倒影
就像水裡有一座宮殿
魚兒住在宮殿裡
正在跟水鳥搏鬥

樹在朗誦春天的到來
蟬為最後的犧牲歌唱
松鼠拼命地跟蟬告別
用最後美好的時光
做最後的告別

2013 / 08 / 30

不是游是飛

我和爸爸吃完飯
來到了觀瀾河橋上
往下看
因為剛剛下過一場雨
河水急速地從上游
流到下游
我跟爸爸說
小魚在裡面
簡直不是游泳了
而是飛

2014 / 08 / 04

魚

超市裡的魚
被整齊地插在冰上
朝著賣魚的阿姨
好像它們心甘情願
再一次奔向
死亡

2018 / 07 / 12

早晨（之二）

（1）

今天因為要趕車
所以起得很早
我第一次看見
早晨這麼美

（2）

天空生出霞光
霞光生出太陽

（3）

我第一次看見
太陽從相反的方向出來
不是從養雞的地方
而是從我朋友的家那邊

（4）

等太陽生出月亮來
太陽就死了

2014 / 09 / 23

3

○

發現

茶香

我拿著一杯茶
聞了很久
茶香
遲遲
沒有趕來

2018 / 09 / 09

我發現（之一）

我發現
有好多顏色
都還沒有命名
還有好多聲音
也沒有命名
甚至
有好多字
還根本沒有發明出來

2014 / 12 / 18

天

月亮是天的牙齒
很白
沒有牙縫
有時天會抿著嘴笑
有時會開懷大笑
天上的星星
都是它的眼睛
從不同的角度看著
大地和人間

2018 / 03 / 22

螢火蟲

我發現螢火蟲的光
就是它的能量
每次它起飛之前
屁股會一節一節地亮起來
等整個屁股都亮時
它就起飛了

2018 / 06 / 28

大人

下巴像個懸崖
懸崖頂上
兩個鼻孔山洞
深不可測

2017 / 07 / 18

海

我在海裡游完泳
回到岸上
再把泳圈上的海水
用毛巾擦掉
擰乾
還給大海

2018 / 03 / 06

我盪鞦韆的時候

我盪鞦韆的時候
看著天空
總覺得我一盪
天空一搖
天空像是
一個搖籃
大樹一大一小
樓房一近一遠

2014 / 01 / 31

夏天

看書之前
我先把書放在冰箱裡
冰一冰
再看
特別爽

2018 / 07 / 16

街上

我喜歡在街上
吃棒棒糖
除了棒棒糖的甜味
還可以嘗到
炫耀的
味道

2018 / 07 / 12

光

我打著手電筒散步
累了就拿它當拐杖
我拄著一束光

2014 / 10 / 12

飛禽

在外星人眼裡
我們也都是些飛禽
跟著地球
飛

2014 / 12 / 16

我發現（之二）

我發現
在雞面前
人類很殘酷
但是雞並不知道
它們吃蟲子
也很殘酷

2014 / 10 / 01

盲人通道

我臉上長了些痘痘
我用手摸一摸
疙裡疙瘩的
我的手看不見路
它在我臉上走著
就像是
走在盲人通道上

2014 / 03 / 06

水柱

洗澡時
媽媽替我
搓身子
我沒站穩
下意識地
握住
水柱

2018 / 05 / 19

火車

火車
貼著地跑
火車彎彎的
因為地球是圓的

2014 / 12 / 17

行李箱

爸爸和姐姐
拉著行李箱
走在前面
兩個箱子
一會兒碰在一起
一會兒又分開
好像一對戀人

2018 / 05 / 22

洗手

我一邊洗手
一邊想事情
洗完發現
我洗得太久
把手洗得
很耀眼

2018 / 05 / 05

青春期

在火車站候車室
有個大牌子
上面寫著
青春期從10歲開始
媽呀
我已經進入青春期半年了
我這半年
是不是耽誤了幹什麼

2018 / 04 / 17

流星

星星掛在天上
有一顆沒有掛穩
掉了下來

2018 / 10 / 26

梳

爸爸在思考時
總是拿一把梳子
在頭上梳來梳去
好像梳的不是頭髮
而是思緒

2018 / 06 / 28

樓房

樓房很高
我倒著往上看
感覺
它把我倒拎著
甩來甩去
像是坐
最危險的過山車

2013 / 11 / 18

涼風襲擊

涼風襲擊著
我的臉
我的臉在
跟涼風搏鬥

最後
涼風從它的地盤上
消失了
是被我的鼻子吸取了
吸到了我的地盤
變成了
我的能量

2013 / 11 / 12

花紋

爸爸從涼蓆上起來
身上布滿了涼蓆的花紋
很快那些花紋又回到了
涼蓆上
因為它們不願流浪

2017 / 06 / 13

傷口

晚上我去超市
摔傷了膝蓋
一開始並不疼
我看了一眼
心想應該很疼
果然就疼起來了
然後我覺得
不應該疼
果然
不疼了

2017 / 07 / 08

西瓜話

賣西瓜的人
拍一拍大西瓜
問道
喂你好嗎
你熟了沒有哇

他側耳聽一聽
聽見西瓜說
熟啦熟啦

但是有個調皮的西瓜
故意說
不行不行
我還沒熟呢

賣瓜的人
和西瓜
說的都是
西瓜話

我也想學
西瓜話

2014 / 06 / 08

月亮（之一）

為了跳到天上
月亮先爬到
樹上

2014 / 10 / 13

月亮（之二）

（1）

月亮吃飽了天上的烏雲
肚子就圓了
然後
開始生星星

（2）

每生出一顆星星
月亮的肚子
就缺一塊

每生出一顆星星
月亮的肚子
就缺一塊

生了滿天的星星之後
月亮的肚子
就完全扁了

2014 / 10 / 14

調焦距

我做了個蛋糕
覺得不夠大
於是我就
緊緊盯住
蛋糕上的一塊奶油
再用餘光瞄蛋糕
蛋糕就變得很大

2017 / 06 / 26

兩面夾擊

天花板裡
住著天花板裡的小人
地板底下
住著地板底下的小人
他們彼此往來
都要經過
我的世界
但是我不敢得罪他們
否則
我就會遭到
兩面夾擊

2017 / 06 / 21

月亮（之三）

透過火車的雙層玻璃
我看見三個月亮

2018 / 08 / 22

目光

我給在老家的奶奶
打電話說
我現在正看月亮
你也看月亮
這樣
我們的目光
就會在月亮上
相遇了

2018 / 06 / 23

什麼都是路

什麼都是路
河的路走魚
天空的路走鳥走聖誕老人
樹梢的路走風
大石頭的路走螞蟻
龍華文化廣場的路
走我的滑板車

2014 / 08 / 18

無題（之三）

媽媽看著
我和姐姐吃光的碟子
說
年輕真好

2018 / 10 / 04

4

○

路上

散步

我打著手電筒散步
一關手電筒
瞬間
被蟲聲包圍

2018 / 08 / 05

電線桿

夜裡
車窗外
一片荒原
突然
一根電線桿
把我拉回
文明世界

2018 / 04 / 12

好奇

街上
看到一個人
在往椅子上噴油漆
爸爸說
快閉氣
這個味道有毒
我好奇地
吸了一大口

2018 / 09 / 02

靈感（之一）

我在家裡沒有靈感
一出門就有

2017 / 07 / 18

開心

和姐姐走在路上
突然特別開心
好想把姐姐扔到樹上

2018 / 06 / 27

叮噹街

叮噹街很安靜
只有一個垃圾袋
在空中飛

2018 / 10 / 08

井蓋

外婆拉著我的手
帶我去喝早茶
路過一個下水道的井蓋
外婆說
如果一個人走路
一定要躲開井蓋
如果兩個人就不怕
一個人萬一掉進去了
另一個人可以把她拉上來
外婆一邊說
一邊使勁跺井蓋
我突然感覺
心裡好有壓力

2018 / 06 / 27

打臉

這幾天
一會下雨一會晴
出門時
天好好的
姐姐說要不要拿傘
我說不用
剛說完
一陣雨砸下來
特打臉

2018 / 07 / 15

高傲

下雨天
我打傘去圖書館
路上摔了一跤
弄濕了褲子
走到圖書館
看見幾個男生
全身上下都濕了
鼻尖淌著水
我昂首闊步
從他們中間穿過

2017 / 06 / 26

不知不覺入睡的叔叔

我有一天
在地鐵裡
看見一個叔叔
靠在地鐵欄杆上
站著
一會兒眯著眼睛
一會兒睜開
一會兒又眯上

他一會兒做夢
一會兒
從夢裡出來

就像大山的山頂
一會兒在雲彩裡
一會兒又從雲彩裡
顯露出來

我拿手指頭
點了點爸爸
悄悄說
喂爸爸
你看那個叔叔

爸爸偷偷笑了笑
地鐵也偷偷笑了笑

沒辦法
地鐵也不能大聲笑
地鐵如果大聲笑
會把我們
給炒糊了

2014 / 01 / 15

清湖村

你別看清湖村這麼平靜
可是我斷定
這裡一定發生過戰鬥

如果 10 年前沒有發生過
那麼 100 年前也一定發生過
如果 100 年前沒有發生過
那麼 200 年前也一定發生過
如果 200 年前沒有發生過
那麼 300 年前也一定發生過

我能聽見他們戰鬥的慘叫
和勝利的高呼

2014 / 10 / 06

夜行

深夜
我們穿越蓮花山
爸爸說
最近山裡有點不安全
如果有根棍子
就好了
我說要是有壞人
我就繃成一根棍子
你拿著揮就行了

2018 / 06 / 02

晚上

晚上
我們去蓮花山
盪鞦韆
我和朋友走在前面
大人都走在後面
路燈一下停了
我們只好在黑暗裡走路
沒有路燈
原野裡的小花
只好靠著花蜜裡的亮光
來當燈
小草藉著露珠才知道
自己在哪裡

2014 / 01 / 31

在重慶（之一）

嘉陵江和
長江的波浪
像火鍋一樣沸騰

2018 / 05 / 22

在重慶（之二）

穿裙子時
我對爸爸說
你要幫我把裙帶
繫得鬆鬆的
小吃太多
我想多吃一些

2018 / 05 / 22

吹泡泡糖歷險記

我和爸爸姐姐計畫去山東看奶奶
為了省錢
媽媽和我商量好了
買了100塊泡泡糖（注：這個數字是故意寫錯的哦）
於是我嘴裡放了20塊
爸爸嘴裡放了70塊
姐姐嘴裡放了50塊
我們一起嚼
吹出一個大大的泡泡
憑著這個大泡泡我們升天了
可是我們無法控制方向
我就用一條繩子

一頭拴在前往山東的高鐵上
一頭拴在我們的泡泡上
高鐵帶著我們和大泡泡飛速前進
可怕的是風太大
泡泡不受力
破了
我們掉了下來
掉到一個十分陌生的城市
這個城市有一種神奇的魔力
一下把我們變小了
這時一隻巨大無比的雞走過來
我們抓住雞腳與它搏鬥

最後把雞打跑了
獲得了一根羽毛
但我們自己卻遍體鱗傷
休息了一會我們想了想
又回到剛才搏鬥的地方
又看見兩根羽毛落在地上
我們便用這三根羽毛
做成三艘小船
然後去旁邊垃圾堆找到一些令人驚喜的寶貝
那些寶貝是一根一次性筷子和一小塊玻璃
我們用玻璃做成一把鋒利的斧頭
把一次性筷子劈成三段
一人一根做槳
結果不行又把三艘小船合併起來

變成一隻大大的輪船
然後我又找來一塊小石子和一根繩子
作為錨
我們就駕駛著這隻大輪船
航行在一望無際的大海上
我們還備了些乾糧
那些乾糧其實就是兩穗麥子
麥粒很大
我們很小
只用四十顆麥粒
我們就可以吃一年
每次餓了掰下一粒
我們三個人圍著吃
走了很久很久

在乾糧快吃完的時候
終於來到了岸邊
上了岸我們去一家便利店
偷取泡泡糖
我們三個人一起使勁
抬走一塊
然後我用斧頭
把泡泡糖砍碎
我們每人嘴裡嚼8塊碎塊
再吹出泡泡
我們排著隊
把自己套進泡泡裡
終於我們又開始升空
飛呀飛

很快看見山東了
這時大泡泡開始降落
沒想到剛降到一半
大泡泡突然破了
幸運又糟糕的是
我們落到了一頭巨大無比的大肥豬身上
那隻大肥豬跟我們搏鬥
我們翻牆而過
遇到了奶奶
奶奶是個巨大無比的巨人
我爬到奶奶的耳朵上
喊道
奶奶
我是二嫚

並且把事情的來龍去脈告訴了她
奶奶拿出一個巨大無比的火柴盒
給我們住
我靈機一動
跟奶奶要了幾根牙籤
把火柴盒裝修一番
在火柴盒裡立起幾根漂亮的大柱子
奶奶給我們一塊巨大無比的麵包吃
還給我們一塊巨大無比的紙巾
當被子
過了一些日子
我說奶奶我們該回深圳了

奶奶就用泡泡糖吹出一個大泡泡
說你們進去吧
這個泡泡可以護送你們
為了安全
奶奶還拋出三塊小布頭給我們
我說我明白了
爸爸說你明白什麼了
我說萬一泡泡破了
這三塊布就是三個降落傘呀
借助奶奶的方法
我們成功抵達深圳

2014 / 11 / 21

爬山

我和姐姐爸爸爬山時
兩條腿很重
我就弓下腰
用手抓住膝蓋
拄著兩條小腿
大喊一聲
再見了朋友們
飛快地
衝上了山頂

2018 / 06 / 23

夜空下

夜空下
我像還沒有出生的盤古
縮成一個蛋
縮在
椅子裡

我努力把身體縮小
為了讓夜空盡可能更大

連狗叫都是安靜的
比音樂還好聽

一架飛機
像流星劃過天空
把天空
劃了一道口子
星星從裡面
掉出來

遠處的煙花
把星星融化成空氣
在空中飄

有一個風
在我手裡打了個轉
又出去了

我用嘴把風

吹到了很遠很遠的星球
那個星球永遠都不會有人出現
直到有一天
那個星球自行瓦解
又把那些風
還給地球

我的手機
與這個夜晚格格不入
很想拿它從樓上拋下去
看著它落地
碎成一堆零件
這個畫面
真美

多麼寧靜
我覺得撞了頭
都是一件
美好的事情

一隻秋蟲在
銀河中
孤獨地鳴叫

我感覺自己的呼吸聲
格外多餘

我好像看見
宇宙裡的另外一個我

我突然往銀河飛去
變成一顆星星

星星把整個宇宙填滿了

漆黑中
我看見爸爸的剪影
這種剪影永遠不會有人能剪出來
也不需要有人剪出來

等我幹完了所有的事情
我會心安理得地去死
星星看著地面

看著一場場鬧劇
星星陪著我

一隻蚊子
飛到我臉上
我沒有去趕它
而是讓它陪我一起
看星星

我聽見了自己的心跳
我聽見了
從來都沒有聽見過的聲音
我想趴在地上

和地面融為一體
吹過去一陣風
我的頭髮
隨意
飄在空中
如果每個人都像星星
都是自己
那該多好

可能100年以後
星星還是星星
我就
已經不是我了
美得有點想流淚
這麼美好的夜晚
我居然有點冷
我感到慚愧

2013 / 10 / 08

化妝

火車上
一個售貨員
正在推銷新疆特產
化妝化得
很新疆
推銷了一會
她又換了一個茶花女的妝
開始推銷茶葉

2018 / 01 / 10

5

○

每日

早晨（之二）

早晨5點
天開始亮了
而且亮得特別快
我揉一下眼睛
它就亮一點
再揉一下
就更亮一點

2018 / 07 / 01

請求

明天
你幫我買個大鏡子吧
等我寂寞的時候
我就跟鏡子裡的自己
玩

2015 / 06 / 01

蘋果

晚上
爸爸坐在院子的黑暗裡
吃蘋果
我看不見他
只能看見蘋果
在空中
上上下下
一會兒少一塊
一會兒少一塊

2017 / 08 / 13

為什麼

為什麼別的小朋友
都不喜歡跟我玩
為什麼他們都嫌我的話太多了
只有兒童樂園老闆的女兒願意和
我玩
因為她也話多

2014 / 10 / 11

太好了

太好了
我比姐姐
多個姐姐

2013 / 11 / 05

醜畫

我翻出小時候
畫的
特別醜的
一張畫
鄭重其事
撣撣灰
端端正正地放在
垃圾桶
正中央

2018 / 12 / 23

魚籽

在自助餐廳
我要去拿魚籽吃
媽媽拉住我說
吃魚籽會變笨的
不信你看
就把手指向
拿了一大盤魚籽
笑呵呵的爸爸

2018 / 06 / 22

夢（之一）

我爸爸走丟了
一個仙女
帶著三個爸爸
來到我身邊
一個金爸爸
一個銀爸爸
一個傻爸爸
她問
你丟的是哪個爸爸

我說
是個傻爸爸
仙女說
孩子你很誠實
我把另外兩個也送給你吧
我問
能拒絕嗎
仙女微笑著回答
不能
然後就消失了

2018 / 07 / 07

大姨媽

大姨媽帶我
去她工作的學校
路上
大姨媽說
寶貝啊
到了之後千萬不要說
大姨媽不好
也不能寫到詩裡

2017 / 11 / 09

炫耀

光頭二姨丈跟我炫耀
他早上梳了頭

2017 / 11 / 09

混戰

在餐館
我點了一碗羊雜麵
竟然從裡面
吃出了牛百葉
是不是廚師
在動手的時候
發生了混戰

2018 / 08 / 28

粥

我喝小米粥
每次都會打一大勺
因為小米豆一粒一粒的
像一個大家庭
我不希望它們分離

2018 / 07 / 25

尷尬

在圖書館
挑了一摞書
《生活小竅門》
《家居收納》
還有些做菜做飯做甜點的
走在路上
突然覺得好尷尬
好尷尬
自己像個小媳婦一樣
很賢慧的那種

2017 / 11 / 09

一望無際

爸爸帶我過馬路
太陽很曬
天空突然變陰了
原來是爸爸
用手幫我遮住了陽光
爸爸像個巨人
一望無際

2014 / 10 / 06

有沒有人

有沒有人
拿毛筆在媽媽的黑頭髮上
蘸一蘸
假裝是蘸墨

2014 / 04 / 29

雞

外婆家的雞
壯得
都有腹肌了

2018 / 07 / 06

螞蚱

在蓮花山蘆葦叢旁邊的
草地上
我在捉一隻螞蚱
發現它正在吃草
就停下來
等它吃完
結果它一口一口
吃了足足有兩分鐘

2015 / 07 / 03

魚味兒

爸爸煎了一條魚
小貓聞見了魚味兒
立刻坐立不安
四處找魚
像一個煙鬼
聞見了煙味
像一個酒鬼
聞見了酒味
但最像的還是
一隻小貓聞見了魚味

2017 / 02 / 20

三個幸福

在一片幸福海洋裡
幸福的波濤翻滾
我的兔子
不知不覺翻滾起來
這是一隻幸福之兔
那幸福的海洋
就是我餵給它的玉米皮
和菜葉
我站在幸福的海邊
觀看
幸福之兔在海浪中
向我招手
向我喊道
你快過來玩吧
於是我就跳了進去
幸福的海洋
幸福的兔子
幸福的我
三個幸福加起來
等於一個真正的幸福

2015 / 01 / 17

薯餅

媽媽在吃
麥當勞套餐
裡面有個薯餅
我想吃
媽媽說
拿去
我說
媽媽果然愛我

2018 / 09 / 13

溫馨提示

我在給爸爸掏耳朵
此耳朵暫停使用
請各種聲音繞道而行
前往其他耳洞
因此給你們造成不便
請諒解

2014 / 10 / 14

外婆

外婆跟爸爸說
你就買這麼多豬蹄
說完
拿自己的手比了一下
你看
就這麼多
這麼多

2018 / 11 / 14

感冒

我感冒了
爸爸給我熬了可樂薑湯
我沿著它的香味
逆流而上
然後順流而下
我在香味裡飄盪
邊飄邊覺得
多麼美好的今天啊
我希望這場病好了之後
再來一場

2014 / 11 / 18

夢（之四）

每天睡覺前
我都對媽媽說
夢裡見

可是在夢裡
我老飛到別的地方去玩
對不起呀
媽媽

2014 / 10 / 25

無聊

我趴在床上
扭頭
看自己的腳丫
在空中飛舞

2018 / 11 / 09

頭髮

天花板裡的小人
把自己最重要的王冠
不小心
掉了下來
掉到我頭髮裡
趁我睡覺
他們下來亂翻一氣
把我頭髮
翻得
亂糟糟的

2017 / 06 / 21

找衣服歷險記

早晨醒來
衣服衣服，你在哪裡
我找遍世界各地
都遭到了拒絕
在一個被遺棄的破房子裡
這是傳說中埃及王住過的房子
有一張破床
我的衣服就藏在床底下
我抱著衣服往回走
路過一條大河
一群鱷魚襲擊了我

我撒了些食物給它們
趁著它們吃東西時一閉嘴
我就踩著它們的嘴尖，跳了過來
剛鬆了一口氣，突然又來了一隻熊
我跟這隻熊大戰了600個回合
最後我跳進河裡
發現一隻大螃蟹
我以為螃蟹不在家
想躲在它的殼裡，可怕的是
螃蟹在家
幸虧我的魔幻寵物霞霞來了

它和螃蟹是好朋友

我們衝進鱷魚肚子裡
生活了一段時間

當我回到家裡
發現我在外面已經很久
爸爸媽媽都已老得不像樣子
爸爸的白鬍子有20米長
媽媽的白髮有80米長
姐姐也早已出嫁
我們家成了一片廢墟

2014 / 10 / 31

鸚鵡

等我長大後
為了安全
要訓練一隻鸚鵡
每次送快遞的人一來
我就往裡面喊
老公
你的快遞
鸚鵡就在裡面
粗聲粗氣的回答
親愛的
我馬上來

2018 / 06 / 26

原創

如果有誰對我說
我愛你
這絕對絕對不是原創
原創在媽媽那裡

2014 / 10 / 09

看書

我在看書
越看越好看
感覺升上了天堂
爸爸一遍遍叫我吃飯
像是一點點掉下了地獄
沒辦法
我只好邊看邊吃
我在
快樂的地獄裡

2017 / 05 / 06

電影《銅雀台》觀後記

曹操很兇狠
他想佔領全國
曹操一邊想佔領全國
一邊想把世界最美的人佔領了
他在最美的人裡
選擇最愛的人
他想把最好的城
給他最愛的人
他只有三個辦法
第一，把全國的人都殺掉

第二，在市場賣魚
賺很多錢
買來兵馬
再佔領全國
第三，自殺
讓別人把他埋掉
再變成巨人
回來打仗
曹操這個人
適合在荒草地裡打仗
而劉備呢

他適合在小溪流裡打仗
劉備很細小
溪流也很細小
要不然他就會
被溪流擠扁

關公呀
他適合在難關裡打仗
要不他就自己做個難關
跟別人打

諸葛亮這個人
他可以一邊負責餵豬一邊打仗
或者他在地上畫個格子
在格子裡打敗敵人
但是他必須在光線很好的地方打仗
如果沒有光線
他會老得很快

2012 / 09 / 28

不是時候

我和姐姐
還有外甥女一起玩
奶奶突然推開門
想進來
覺得不是時候
就輕輕把門關上
過了一會兒
奶奶又推開門
還覺得不是時候
又把門關上了

2018 / 09 / 03

夢（之五）

有個公主
養了一匹馬
她給她的馬餵米飯
馬被噎死了
公主就哭
她的眼淚變成了一匹馬
她騎著馬去火焰山玩
那匹馬化了

2018 / 04 / 06

長高

我站在臺階上
比爸爸還高
我決定以後長這麼高
就行了
或者再高
一點點

2018 / 08 / 22

小孩星和爸爸星

夜裡
姐姐從橋上
把剛採來的一粒桃樹膠
丟進了觀瀾河裡
姐姐說
怎麼沒有傳來落水的聲音呢
我說姐姐
你不要等了
我立馬把那棟大樓扛過來
讓你扔下去
這樣就會撲通一聲把水濺上來
有兩粒水

把我和姐姐
帶到了小孩星上去了
另一粒水
把爸爸帶到了爸爸星上去了
姐姐和我在小孩星上
遇見了方形的小孩
圓形的小孩
三角形的小孩
各種各樣形狀的小孩
有一種最特別的小孩
是無形的

但有影子
爸爸在爸爸星上
也遇到了各種形狀的爸爸

小孩星和爸爸星
都是在大大的宇宙裡
但它們之間
有一條隱形的分隔線
中間是一道神秘之門
彼此不能往來
你如果不小心
碰到了那道神秘之門
會被彈回原地
只有使用密碼
才能打開這道門

只有我
和我的動物
知道密碼

2015 / 05 / 06

包餃子

我和爸爸一起
包餃子
爸爸包的
是正規的餃子
我包的是
不正規的餃子
我的餃子
站在爸爸的餃子裡
顯得格外出眾

2018／08／06

無題（之五）

爸爸在家工作
不能出門
我就拿著爸爸的眼鏡
出去
替爸爸休息了一會兒

2018／02／11

姜二嫚是一個什麼樣的小朋友？

小小妹妹

一個紫色的大蘑菇來了。
這是我的妹妹打著傘，在雨中走。
我甚至連她的腳都看不見了。

妹妹3歲，屬豬。
玉石阿姨逗她：「你是屬大笨豬，還是屬小笨豬啊？」
妹妹連聲說：「不是！不是！我直接屬豬。」

妹妹的臉挖破了，出血了。
第三天，又把傷口摳開了。
妹妹說：「我摳掉了一塊鱗片。」

夜裡，爸爸用電蚊拍打蚊子。

妹妹提醒道：「爸爸，我知道蚊子躲在哪裡，它們躲在茂密的位置，或者陰森森的地方。蚊子的家門口，一定有個牌子，上面寫著：要小心人的襲擊！」

爸爸說，他見過一個撿廢品的人，撿到半瓶礦泉水，擰開瓶蓋兒，自己喝了。

還有一次，見有個撿廢品的人，撿了半瓶水，走到路邊，把水澆到樹根上了。

我說：「這兩個人做的都對！第一個人，說明他渴了……」

妹妹搶著說：「第二個人，樹會健康的，樹會長大的！」

爸爸說，他見過一隻流浪狗，居然會從斑馬線上過馬路，還會看紅綠燈，不闖紅燈。

妹妹說：「我懂了！它一定是被人養過。」

妹妹說：「狗會看家，這是真的嗎？它怎麼知道誰是小偷呢？」

妹妹又說：「我懂了！要是狗身上背著一杆槍和一個弓箭，再教它一些武藝，那就更厲害了！」

妹妹說：「我懂了！世界上的人是一個生一個，一個生一個，所以就越生越多，越生越多！」

妹妹接著問：「但是世界上最早的人，是誰生的呢？難道是『世界』生的嗎？那『世界』是誰生的呢？是科學家生的嗎？那科學家是誰生的呢？」

妹妹問：

「世界上有公主，這是真的嗎？」

「世界上有冰雹，這是真的嗎？」

「世界上有小偷，這是真的嗎？」

「世界上有女巫，這是真的嗎？」

「世界上有古代，這是真的嗎？」

妹妹對爸爸說：「我愛你！」

爸爸說：「為什麼呀？」

妹妹說：「我解釋不了！」

早晨，爸爸送妹妹上幼稚園。

臨別時，爸爸說：「我愛你！別忘了啊！」

妹妹說：「不會的！我都背下來了，我還會複習呢，在心裡複習！」

爸爸帶妹妹乘公車。

該下車時，乘務員阿姨大聲喊：「××站到了，有沒有下的？」

妹妹邊起身邊喊：「有下！兩個人，一個男的，一個女的！」

下了車，妹妹又衝著車上喊道：「下完了！下完了！」

妹妹把聽來的三國故事，講給媽媽聽。

妹妹說：「曹操這個人啊，嘴上誇楊修，心裡卻恨楊修，因為楊修把曹操的心思都知道了。曹操一氣之下殺了楊修……」

媽媽說：「原來人還可以這樣啊！嘴上誇，心裡恨！」

妹妹說：「古代人才這樣，我就不是這樣！」

吃桃子時，妹妹問爸爸：「桃核兒可以種嗎？」
爸爸說：「可以！」
妹妹把桃核兒啃乾淨了，交給爸爸說：「你幫我留著，我要把它種在地裡，這樣就可以反覆吃！」

妹妹問：「龍捲風能把人捲起來嗎？」
爸爸說：「能啊。」
妹妹問：「我們這兒有沒有龍捲風？」
爸爸說：「沒有。」
妹妹問：「世界上哪兒有龍捲風呢？」
爸爸說：「美國。」
妹妹說：「我懂了！為什麼美國人那麼少，中國人那麼多，原來是龍捲風把他們捲到中國來了！」

妹妹找到了一截細鐵絲。

她把鐵絲彎來彎去，彎成一個小圓圈，套在手指上。

妹妹得意地向我們展示說：「這是我的戒指！」

後來，她又找到了一個有孔的小珠子，又把鐵絲拉直，把珠子穿上去，再做成戒指。

戴著到處跑。

妹妹撿到了一個聖誕樹上的小鈴鐺。

她用報紙搓了一條小繩子，把鈴鐺穿在繩子上，讓爸爸幫她繫在脖子上，說這是她的項鍊。

很快，紙繩斷了。

妹妹又找來一條堅固的線繩，再讓爸爸幫她繫脖子上。

接下來幾天，妹妹一直戴著這個項鍊，連睡覺也不脫，胸前掛著個鈴鐺。

妹妹從外面回來，氣喘吁吁地對爸爸說：「我搬來一條烏龜腿！」

爸爸在忙自己的事，沒有抬頭看她，只是隨意應了一聲。

妹妹又介紹說：「這是古代的烏龜腿，是我的考古新發現！」

當爸爸抬頭看的時候，爸爸吃了一驚：在玻璃茶几上，擺著一塊比爸爸的大皮鞋還要大的水泥石頭！

爸爸問：「這麼大塊石頭，你怎麼搬上樓的？」

妹妹有點兒生氣：「這不是石頭！這是古代的烏龜腿！」

爸爸問：「這是在哪兒發現的烏龜腿啊？」

妹妹說：「在一個秘密的地方。」

爸爸又問：「為什麼說它是一條烏龜腿啊？」

妹妹說：「是一個小哥哥告訴我的。」

爸爸幫妹妹把「烏龜腿」小心翼翼地搬到了陽臺上，還在下面隆重地墊了張報紙。

一天，妹妹從幼稚園回來，高興地說：「我學了一首唐詩！」

然後就背給我們聽——

「李白乘舟將欲行……」

過了幾天，妹妹放學回來，大聲宣布道：「我也作了一首詩，比李白的還要好——

「二嫚乘舟將欲行
忽聞岸上踏歌聲
桃花潭水深千尺
不及艾米送我情！」

艾米是妹妹的同學。

到了冬天，街上賣烤羊肉串的新疆人格外多。
煙霧騰騰，像是起了大火。
妹妹說：「這些賣烤羊肉串的人，以前一定是獵人！」
爸爸問：「為什麼？」
「因為他們抓了羊，才有羊肉烤啊！不然，哪來的羊肉呢？」
「那你知道他們是在哪裡抓的羊嗎？」
「在草原上，因為羊在草原上吃草啊！」
妹妹又問：「為什麼草原總是在新疆，我們這裡總是沒有？」
深更半夜，妹妹一個人坐在窗臺上往外看。
妹妹轉過臉對爸爸說：「爸爸，我們不能養蝙蝠！蝙蝠的翅膀搧得太快了，容易打著人！」

我們在西麗果場抓了兩隻螢火蟲，妹妹和我一人一隻。

回到家，我們把螢火蟲放到臥室裡，熄了燈，兩個黃黃的小光點到處飄。

後來，居然找不見了。

第二天夜裡，熄了燈，妹妹對媽媽說：「我昨天晚上做了個夢，夢見我們滿家都是螢火蟲！」

媽媽說：「快睡吧，快快去你夢裡見螢火蟲吧。」

但是妹妹還是睡不著。

深夜，妹妹睡不著。

妹妹仰臥在床上，蹺著二郎腿，說：「睡覺沒意思！」

妹妹問媽媽：「我這是不是失眠啊！」

爸爸說：「你看樹葉，風一吹，嘩嘩地落。」

妹妹說：「像下雨一樣。」

妹妹說：「爸爸跑得像魚一樣快！」

早餐，我們吃韭菜炒蛋。

妹妹一邊吃，一邊說：「好香！但是有一點點燙！」

然後，妹妹又解釋說：「100個香，1個燙；1分鐘燙，好幾個小時香！」

深夜，我們從中心書城回家。

為了呼吸新鮮空氣和觀賞山裡的夜景，我們常常從蓮花山穿山而過。

在風箏廣場的大草坪上，有許多露水沾在草葉上，我們有時乾脆脫了鞋子，赤著腳在上面走。

腳底下涼涼的，癢癢的，好好玩。

有一次，爸爸逗我們：「你們有沒有聽見露珠被踩爆了，劈里啪啦地響？」

我們嘻嘻哈哈地說：「聽見了！聽見了！」

跑得更歡了，還故意跺著腳跑。

爸爸問妹妹：「你知道露珠什麼樣子嗎？」

妹妹說：「知道啊！我們湯老師拿了一杯水澆花，花上有水，圓圓的，湯老師說這就是露珠。有一滴水珠很神奇，花的葉子尖尖的，它也沒有被刺破，它很堅強！」

妹妹生氣的時候，就會什麼都反著來，很強，你說東，她偏說西，你說南，她偏說北。

一次，妹妹生氣了，就站在那兒，含著淚，憤憤不平地大聲背《唐詩》：

床前不明月光！
疑是不地上霜！
舉頭不望明月！
低頭不思故鄉！

那天，天氣很冷。
爸爸讓妹妹去陽臺餵小兔子。
妹妹不去，說凍手。
爸爸催了好幾次，妹妹還是不去。
爸爸發火了：「你到底愛不愛小兔子嘛！」
妹妹大聲反問：「你到底愛不愛我嘛！」
在書城，妹妹看好一本書，帶玩具的，很想買。

爸爸沒給她買，說太貴了。

妹妹噘著嘴。

但是爸爸給自己買了本書。

妹妹放聲大哭，喊道：「為什麼你想幹什麼就幹什麼!?」

不記得為件什麼事，我和妹妹發生了衝突。

妹妹抓破了我的胳膊，我踢了妹妹一腳。

妹妹哭起來。

爸爸過來。

爸爸叫妹妹給我道歉，也叫我給妹妹道歉。

我說：「這樣吧，你也不用給我道了，我也不用給你道了，互相抵消了！」

「剛好！」妹妹也特別滿意。

妹妹說：「哭是靠自己的，想哭就哭，不想哭就停。」

有段時間，妹妹天天嚷著，要爸爸送她去武術班學武術。

妹妹說：「我有好多仇要報！」

爸爸問她：「你要向誰報仇啊？」

妹妹悄悄告訴爸爸：「姐姐是我第一個仇人，但是你要替我保密。」

爸爸和妹妹在永和豆漿大王吃早餐，妹妹望著窗外愣神兒。

妹妹發現，有一隻黃蝴蝶在往玻璃窗外面撞。

妹妹叫爸爸去捉。

爸爸用一個小塑膠袋，搞得鼓鼓的，把它套了進去。

出了餐廳大門，打開袋子，蝴蝶就忽忽悠悠地飛走了。

它還停在一個報刊亭上面休息了一會兒。

妹妹高興得不得了，好像比那隻蝴蝶還高興。

爸爸問妹妹：「是誰救了蝴蝶？」

妹妹說：「是我！說不定它還會告訴它的媽媽呢！」

過了一會兒，妹妹很遺憾地說：「壞了！我忘了告訴它我的名字。」

郭叔叔開車來接爸爸和妹妹。

車在路邊停下，爸爸催妹妹快快上車。

妹妹不肯上，堅持讓爸爸先上。

上了車，爸爸責怪妹妹說：「那裡不好停車，叫你上就快上嘛，你怎麼搞的！」

妹妹不高興地說：「你這樣做是違背《弟子規》的——『或飲食，或坐走，長者先，幼者後。』」

爸爸給妹妹看他同學聚會的錄影。
爸爸突然暫停了畫面，指著一個同學說：「這個叔叔，已經去世了。」
妹妹問：「他去世了，你哭了沒有？」
爸爸說：「哭了。」
妹妹說：「是啊！好朋友去世了就是要哭！上次我的小金魚去世了，我也哭了！」
爸爸把手機輕輕擱在妹妹頭頂上，然後迅速拿走，並且驚訝地叫道：「哎呀！我撿了個手機！」
妹妹一把搶走爸爸的眼鏡，開心地說：「我撿了個眼鏡！」
我挽住爸爸胳膊，說：「我撿了個人！」
在計程車上，我們又玩這個遊戲。

妹妹握住車門把手，說：「我撿了輛汽車！」
司機叔叔扭頭看了一眼，滿臉疑惑。
妹妹馬上縮回了手。
下了車，往家走的路上，妹妹說：「我用眼睛撿了個大樓！」
我說：「我的腳撿了個地球！」

妹妹在拼新買來的拼圖。
妹妹非要教媽媽拼。
媽媽跟著她拼的時候，順口叫了一聲妹妹的名字。
妹妹立刻糾正道：「你不能叫我的名字，你要叫我『老師』。」
妹妹問爸爸：「我怎麼長得這麼慢啊？」
爸爸說：「你長得挺快啊！」

妹妹說：「不！我長得太慢了！」

姜馨賀

2011年2月26日—2012年7月31日

作者簡介

姜二嫚

女生，二〇〇七年十二月生，已創作詩歌一千餘首。
七歲時，她寫出：燈把黑夜/燙了一個洞，轟動全網，這是她的第一本個人詩集。
部分作品被譯成英、德、日、韓等文字。
榮獲：
二〇一八年度中國十佳詩人、全國魯藜詩歌獎、國際華文詩歌獎終評入圍、新京報·騰訊年度華文好書獎、「詩歌與孩子」詩歌節全國徵文獎、全國十大童書、深圳青年文學獎、深圳年度十大佳著（蟬聯兩屆）等。

小里予是一個什麼樣的小朋友？

「我，小里予，
喜歡畫畫和抓蟲子。」

書中所有插畫，
是小里予在4～8歲時創作的。

燈把黑夜 燙了一個洞 / 姜二嫚著 . 小里予繪 -- 初版 .
-- 臺北市 : 時報文化出版企業股份有限公司 , 2023.02
面； 公分 . -- (大人國 ; 10)
ISBN 978-626-353-442-1(精裝)

851.487 112000233

大人國 010

燈把黑夜 燙了一個洞

作者 姜二嫚｜插畫 小里予｜策劃暨編輯 有方文化｜總編輯 余宜芳｜主編 李宜芬｜封面設計暨全書編排 陳文德｜編輯協力 謝翠鈺｜企劃 鄭家謙｜董事長 趙政岷｜出版者 時報文化出版企業股份有限公司｜地址— 108019 台北市和平西路三段二四〇號七樓 發行專線—（02）23066842 讀者服務專線— 0800231705 （02）23047103 讀者服務傳真—（02）23046858 郵撥—一九三四四七二四時報文化出版公司 信箱—一〇八九九台北華江橋郵局第九九信箱｜時報悅讀網 http://www.readingtimes.com.tw ｜法律顧問 理律法律事務所 陳長文律師、李念祖律師｜印刷 勁達印刷有限公司｜初版一刷 2023 年 2 月 24 日｜定價 新台幣 480 元

時報文化出版公司成立於一九七五年，一九九九年股票上櫃公開發行，二〇〇八年脫離中時集團非屬旺中，以「尊重智慧與創意的文化事業」為信念。

有方文化

ISBN 978-626-353-442-1 (851.487)
Printed in Taiwan